LA NUEVA HERMANITA
DE FRANCISCA

por RUSSELL HOBAN

Ilustraciones de LILLIAN HOBAN

Traducción de TOMÁS GONZÁLEZ

Harper Arco Iris
An Imprint of HarperCollinsPublishers

HarperCollins®, ■®, and Harper Arco Iris™ are trademarks of HarperCollins Publishers Inc.

A BABY SISTER FOR FRANCES

Text copyright © 1964 by Russell Hoban; renewed 1992 by Russell Hoban
Illustrations copyright © 1964, 1993 by Lillian Hoban; renewed 1992 by Lillian Hoban
Translation by Tomás González
Translation copyright © 1997 by HarperCollins Publishers

Library of Congress Cataloging-in-Publication Data
Hoban, Russell.
    [Baby sister for Frances.   Spanish]
    La nueva hermanita de Francisca / por Russell Hoban ; ilustraciones de Lillian Hoban ;
traducción de Tomás González.
        p.   cm.
    Summary: When things change around the house after her baby sister is born, Frances
decides to run away—but not too far.
    ISBN 0-06-443461-3 (pbk.)
    [1. Badgers—Fiction.   2. Babies—Fiction.   3. Sisters—Fiction.   4. Family life—Fiction.
5. Spanish language materials.]   I. Hoban. Lillian, ill.   II. González, Tomás, 1950–
III. Title.
[PZ73.H55725   1997]   95-26132
[E]—dc20   CIP
                                                                                AC

1 2 3 4 5 6 7 8 9 10
❖
First Spanish Edition, 1997

Para Barbara Alexandra Dicks,
quien acostumbra a firmar su nombre con letra pequeña,
aunque ella es, sin lugar a duda, una persona de gran importancia.

Era una noche tranquila.
Papá leía el periódico,
Mamá alimentaba a Gloria, la nenita,
y Francisca, sentada bajo el fregadero,
cantaba una canción:

Do-re-mi-fa-sol-la-si-do.
Bajo el fregadero están los cubos,
los cepillos, los jabones y yo.
Do-re-mi-fa-sol-la-si-do.

Dejó de cantar y prestó atención.
Nadie dijo nada.

Francisca fue a su habitación
y sacó un puñado de piedrecitas
del cajón donde las guardaba.
Las puso en una lata de café vacía,
le colocó de nuevo la tapa
y fue hasta la sala marchando
y haciendo sonar las piedrecitas.
Mientras marchaba, cantaba:

¡Cataplún, cataplán, los soldados ya se van!

—No hagas eso, por favor —le pidió Papá.
—Está bien —dijo ella.
Regresó a la cocina y se sentó bajo el fregadero.
Entonces entró Mamá con Gloria en los brazos.
—¿Por qué estás debajo del fregadero? —le preguntó.
—Me gusta estar aquí —dijo Francisca—. Es muy acogedor.
—¿Quieres ayudarme a acostar a Gloria? —dijo Mamá.

—¿Cuánto dinero recibe Gloria cada semana? —preguntó Francisca.

—Ella es muy pequeñita para recibir dinero

—respondió Papá—.

Sólo las niñas grandes como tú

reciben dinero cada semana.

¿Ves lo bueno que es ser la hermana mayor?

—¿Me pueden dar seis centavos en vez de cinco

ahora que soy la hermana mayor? —preguntó Francisca.

—Está bien —dijo Papá—. Ahora que eres la mayor

recibirás seis centavos a la semana.

—Gracias —dijo Francisca—.

Conozco una niña que recibe diecisiete centavos cada semana:

tres monedas de cinco y dos de centavo.

—Vamos —dijo Papá—. Ya es hora de acostarse.

Papá levantó a Francisca de debajo del fregadero

y la llevó a caballito hasta la cama.

Papá y Mamá la arroparon y le dieron un beso de buenas noches.

—Necesito mi colchita —dijo Francisca.

Mamá le dio su colchita.

—Necesito mi triciclo y mi trineo,
y mis dos ositos de peluche,
y mi cocodrilo de juguete —dijo Francisca.

Papá le trajo el triciclo, el trineo,
los dos ositos de peluche y el cocodrilo.

Papá y Mamá le dieron otro beso de buenas noches
y Francisca se quedó dormida.

Por la mañana Francisca se levantó, se lavó,
y comenzó a vestirse para ir a la escuela.
—¿Me puedo poner el vestido azul? —preguntó Francisca.
—Oh, cariño —dijo Mamá—, estuve tan ocupada con Gloria
que no tuve tiempo de planchártelo;
así que tendrás que ponerte el amarillo.
Mamá le abotonó el vestido a Francisca,
le cepilló el cabello, le puso una cinta nueva
y le sirvió el desayuno.
—¿Por qué le echaste plátano a la avena?
—preguntó Francisca—.
¿Te olvidaste que me gusta el cereal con pasas?
—No, no me olvidé —dijo Mamá—.
Pero ayer acabaste con las pasas
y aún no he ido de compras.

—¡Vaya! —dijo Francisca—. Las cosas por aquí
no andan tan bien como antes. No hay ropa que ponerse,
no hay pasas para el cereal.
Creo que será mejor que me vaya de casa.
—Termina el desayuno —dijo Mamá—.
El autobús de la escuela está por llegar.
—¿A qué horas cenaremos hoy? —preguntó Francisca.
—A las seis y media —dijo Mamá.
—Entonces me iré después de la cena —dijo Francisca.
Se despidió de Mamá con un beso
y se fue a la escuela.

Esa noche, después de cenar,
Francisca empacó su mochila con mucho cuidado.
Metió en ella su colchita y el cocodrilo.
Sacó de la alcancía todas las monedas de cinco
y de un centavo, para los gastos de viaje,
y tomó también su moneda de la buena suerte.
Entonces cogió una caja de ciruelas pasas de la cocina
y cinco galletitas rellenas con chocolate.

—Bueno —dijo Francisca—, llegó la hora de despedirme.
Me voy. Adiós.

—¿Y a dónde te vas? —preguntó Papá.

—Creo que debajo de la mesa del comedor es el mejor sitio
—respondió Francisca—. Es acogedor y tengo la cocina cerca
por si se me terminan las galletas.

—Me parece un buen lugar —dijo Mamá—,
pero te voy a extrañar.

—Yo también te voy a extrañar —dijo Papá.

—Pues bien —dijo Francisca—, adiós. Y se fue.

Papá se sentó a leer el periódico
y Mamá se puso a tejer un suéter.
Papá dejó el periódico a un lado y dijo:
—¿Sabes qué? Esta casa sin Francisca no es igual.
—Eso es *exactamente* lo que yo estaba pensando —dijo Mamá—.
Sin ella, la casa se siente sola y vacía.
Francisca comía ciruelas pasas bajo la mesa del comedor.
—Hasta Gloria, a pesar de lo pequeñita que es,
siente la diferencia —dijo Mamá.
—Oye cómo llora —dijo Papá.
—Así es —dijo Mamá—. Las niñas quieren mucho
a las hermanas mayores, tú sabes.

Papá volvió a leer el periódico,

pero al rato lo dejó a un lado otra vez y dijo:

—Echo de menos las canciones de Francisca.

—¡Me gustaban *tanto* esas cancioncillas! —dijo Mamá—.

¿Recuerdas la del tomate?

—"¿Y qué dice el tomate al amanecer?" —cantó Mamá.

—"El sol sale para yo crecer" —cantó Papá—.

Sí, ésa es muy bonita, pero mi canción favorita es la que dice:

"Cuando avispas y abejorros una fiesta van a dar,
no invitan a nadie que no sepa zumbar".
—Pues bien —dijo Mamá—, tendremos que
acostumbrarnos a vivir en una casa silenciosa.

Francisca se comió tres galletitas rellenas,
guardó las otras dos para más tarde
y empezó a cantar:

Pobre soy y tengo hambre,
con galletas y ciruelas me alimento.
Vivir sola es un sufrimiento.

—Es como si pudiera oírla en estos momentos —dijo Papá,
y tarareó la melodía que Francisca acababa de cantar—.
Tiene una voz encantadora.

—Sin Francisca no somos una *familia* —dijo Mamá—.
Los bebés son muy ricos; por supuesto que *me encantan* los bebés.
Pero un bebé no es una familia.

—Eso es un hecho indiscutible —dijo Papá—.
Una familia es el conjunto de *todos unidos*.

—Recuerdas —dijo Mamá—, que yo decía:
"Fíjate en lo afortunado que será el nuevo bebé
con una hermana como Francisca".

—Lo recuerdo muy bien —respondió Papá—.
Y espero que Gloria sea una niña
tan buena e inteligente como Francisca.

—Con la ayuda de una hermana mayor como ella,
seguramente lo será —dijo Mamá.

—Qué bueno sería tener noticias de Francisca —dijo Papá—.
Me gustaría saber cómo le va en su nuevo lugar.

—También yo quisiera tener noticias suyas —dijo Mamá—.
No sé si las mangas del suéter que le estoy tejiendo
le quedarán bien.

—¿Diga? —dijo Francisca desde el comedor—.
Estoy llamando por teléfono. ¡Diga, diga! Soy yo.
¿Con quién hablo?

—Diga —dijo Mamá—. Somos nosotros. ¿Cómo estás?

—Estoy bien —dijo Francisca—. Este es un buen sitio y todo, pero cuando uno está lejos extraña a la familia. ¿Y ustedes cómo están?

—Todos bien —respondió Papá—. Pero también te extrañamos mucho.

—Pronto estaré en casa —dijo Francisca y colgó.

—Dice que pronto estará en casa —informó Papá.
—Esa sí que es una buena noticia —dijo Mamá—.
Me parece que haré un pastel.
Mientras Francisca se ponía la mochila
entonaba otra canción:

Las hermanitas mayores
en casa se han de quedar
porque todos las extrañan
y las quieren abrazar.

Cuando llegó a la sala,
Francisca se quitó la mochila y dijo:
—No estoy segura de que el último verso rime bien.
—Es un verso muy bonito —opinó Papá.
—También a mí me gusta —dijo Mamá,
y los dos la abrazaron y la besaron.

—¿Qué clase de pastel vas a hacer? —preguntó Francisca.

—De chocolate —dijo Mamá.

—Es una lástima que Gloria sea tan pequeña y no pueda comer un poco —dijo Francisca—. Pero cuando sea grande como yo, podrá comer pastel de chocolate.

—Oh, sí —dijo Mamá—. Ten la seguridad de que el pastel de chocolate no faltará nunca en esta casa.

Fin